Gedicht eines Skalden

Heinrich Wilhelm von Gerstenberg

Prosopopoema Thorlaugur Himintung des Skalden

Erster Gesang

Ist Bragas Lied im Sternenklang,

Ists, Tochter Dvals, dein Weihgesang,

Was rings die alte Nacht verjüngt?

Auch mich – ach! meinen Staub durchdringt,

Wie Blitze Thors, die Gruft enthölt,

O Wonne! mich – mich neu beseelt?

Aus rothen Wellen ströhmt das Licht;

Ich aber, Heil mir! schlummre nicht,

Heil mir Erwachten! bade ganz

Den neuen Leib in Sonnenglanz,

Schwimm in die leichtre Luft empor,

Bin ganz Entzückung, bin ganz Ohr,

Und walle trunken in der Fluth

Der hohen Harmonie? –

Wo ruht

Mein schwebender Geist auf luftiger Höh?

Wo über Berg und Thal und See

Flattr ich und glüh im Silberton?

Wohin, mein Geist, bist du entflohn?

Wo badest du den Schwung so früh

Im Urquell süßer Harmonie?

Nicht so entfesselte einst Njord

Den blanken Eisberg durch Accord:

Der Fels, wo er die Hymne ergoß,

Daß Nord-Sturm tonvoll ihn umfloß,

Bebt' unter ihm, die Tiefe klang,

Und Geister seufzten in seinen Gesang.

Wo Mimers Haupt vom Hügel quoll,

Hier ist Sigtuna, hier Valholl,

Hier Glasurs Dunkel, hier der Kranz,

Der mit der Wipfel heilgem Glanz

Herab aus Wolken, die er stützt,

Die goldnen Schilder überblitzt.

Ich sehe Fansal – Schaur umfaßt

Und stille Würde den Palast;

Ich sehe Gladheims Freuden-Saal,

Gehüllt in seines Goldes Strahl:

Von seiner Zinne bebt der Blick,

Zu stumpf, ihn anzuschaun, zurück.

Wer schreitet königlich daher

In Vingolfs Hayn, am sanftern Meer?

Laß mich, du Majestät im Hayn,

Auf deinen Fußtritt Blumen streun!

Du König, Vater, Friedensheld,

Du Lust des Himmels und der Welt!

Laß mich die Stunde weihen, da

Ich deinen Tritt, Alfadur, sah!

Hier, wie in Asgaards Valaskialf

Umringt von Disen oder Alf,

Den Zepter Hlidskialfs in der Hand,

Im Helm, im purpurnen Gewand,

Stets Freund der Menschen, dort wie hier,

Bist du geweiht, und glorreich, mir!

Zweyter Gesang

Stiller wird das Meer

Der Entzückung um mich her.

Weh mir! auf welcher Stätte ruht

Mein blutbetriefter Fuß?

Welch feierliches Graun

Steigt langsam über diese Hügel

Wie im Nachtgewölk

Neugeschiedner Seelen auf? –

Ach hier! – hier? – Ach, Halvard!

Wie manch geflügeltes Aeon

Ist von der Nornen Stunden-Thron,

Seit ich dieß Grab gebaut, entflohn! –

Ruht hier die Urne, mein Halvard,

Hier, bester Freund, dein edler Staub? –

Mir schwindelt! durch Jahrhunderte

Blick ich, durch trübe ferne Nebel

Hoch übern Horizont, ins Grab,

Auf unsrer Freundschaft Maal herab!

Lernts, Gotlands Söhne! Wenn der Stein

Der Hügel schweigt, wenn seine Runen

Verloschen sind, kein Trümmer mehr,

Kein Brand-Altar der Freundschaft zeugt: –

O! lernts durch ewigen Gesang,

Und flammet neuen Opferdank

Vom rauhen hüglichten Altar,

Der euren Vätern heilig war.

Im Schatten dieses Eichenhayns,

Hier wars, von hoher Flamme warm,

Wo ich, Halvard, in deinem Arm

Den großen Todesbund beschwur.

Still war die Luft, in Majestät

Lag die Natur zu Vidris Füßen;

Die stolzesten der Wipfel rauschten,

Und leise Bäche murmelten.

Unsichtbar wandelten um uns

Zween Alfen, von Odin gesandt.

Wo über buntbeblühmte Rasen

Der See vom Hauch der Luft bewegt,

Crystallne Wellen von sich jägt,

Sahn wir, mit süßem Duft beladen,

Die Göttinn Blakullur sich baden.

Vom Hügel braust im Bogenschuß

Ein breiter Quell, schwillt auf zum breitern Fluß,

Springt donnernd über jähe Spitzen,

Und diamantne Tropfen blitzen,

Im Lichtstrahl und im Silberschein

Erzitternd, durch das Laub im Hayn:

Indeß die Wellen schmeichlerisch sich regen,

Ihr Bild in die glanzvolle Luft zu prägen.

Die Göttinn sah ihr himmlisch Bild,

Wie es die Wasser-Scene füllt;

Bescheiden schlüpfte sie zur Tiefe nieder:

Allein das Ebenmaaß der weißen Glieder

Strahlt durch die heitre Fläche wieder.

Es scherzt um ihren Hals ihr blondes Haar,

Verbirgt ihn halb, stellt halb entblößt ihn dar.

Die seidnen Locken spielen mit den Lüften,

Und thauen dann herab auf Marmor-Hüften.

Die Wangen blühn in seelenvollrer Glut;

Die runden Arme rudern durch die Fluth;

Die kleinen Füße rudern, sanft gebogen,

Der volle Busen wallt auf zarten Wogen.

Die sternenvolle Nacht umschwebet sie,

Die Flur ist Duft, der Wald ist Melodie.

Sieh den gelindern West ihr Haar umfließen!

O sieh den hellern Mond zu ihren Füßen! –

Wir sahn das Wunder, staunen, beten an! –

Schnell hören wir aus einem Zauberkahn

Fremde Spiele der Saiten

Mystische Lieder begleiten.

Stillschweigend horchen wir; die Saite klingt;

Die himmlische verborgne Stimme singt:

»Beglückt! beglückt! Dreymal beglückt!

Den Hiorthrimul angeblickt!

Beglückt! beglückt! beglückt!

Wer in die Freuden der Götter entrückt

Am Busen seines Freundes stirbt,

Ihm reichen Hrist,

Und Skogula und Mist,

Und Hilda und Hertruda,

Und Hloka und Herfiudra,

Gaull, Geira, Radgrida,

Hod, Reginleif, Rangrida,

Und alle Valkyriur in Valholl

Einherium Ol.

Laßt uns spinnen, laßt uns spinnen

Den Faden Thorlaug und Halvard!

Laßt ihn in Nebel zerrinnen,

Den Leib, der Einherium ward!«

Der Schauer der Begeisterung

Ergriff mein schwellendes Herz! Ich schlung

Den Arm um meinen Freund, und schwur

Meines Freundes Tod zu sterben!

Da jauchzten die Valkyriur!

Da hub mein Freund den Arm, und schwur

Den blanken Schild zu färben,

Und meinen Tod zu sterben!

Da jauchzten die Valkyriur!

Dritter Gesang

Schon schnitt aufs neu der Sonnenführer

Den Zwischenraum der Endlichkeit

Drey Jahre bis zur Dämmerung

Der Götter ab, seit mein Halvard

Vom Waffenblitz aus meinem Arm

Weit nach Britannien hinweg

Gewinkt, nach seiner Gegenwart

Mich Schwermuthsvollen schmachten ließ.

Einst, da ich einsam und verlassen,

Wo ihn die Barke von mir stieß,

Am Ufer irrt, und jeden Hauch

Der Luft, der nach der Küste blies,

Mit meinen Seufzern flügelte:

Trat ein mir fremder kühner Mann

Mit wildem Schritt zu mir heran.

»Gieb mir die Goldharf! rief er stolz,

Die dir Halvard zum Denkmaal ließ;

Er gab sie dir, er nahm sie mir.

Du überträfst mich nicht in Liedern,

Wär nicht der Raub des Frevlers dein!

Gieb mir die Goldharf, sie ist mein!« –

»Nicht so! sprach ich mit ernster Stirn,

Was mir mein Freund geschenkt, war sein,

Ist itzt mein Stolz, mein Schmuck, mein Ruhm,

Und wird dereinst mein Nachruhm seyn.

O glaube mir, nicht der Besitz

Der Goldharf ists, der Dichter macht.

Erhebe dich, entzünde deinen Witz

Mit Bragurs edler Glut,

Fach auf dein träges Blut

Streb' himmelan zu dringen,

So wirst du besser singen!«

Zur Wuth erhitzt und Funken sprühend

Aus rothem Auge fodert er

Zum Kampf des kurzen Speers mich auf:

»Da soll, sprach er, der Rächer Frö

Mit warmem Blut die Wahrheit rächen.«

»Da mag, sprach ich, Frö, der Gerechte,

Die Wahrheit schützen, und mich rächen.«

Der neugebohrne Tag entschlüpft dem Meer,

Sträubigt rauscht von oben her

Der Hahn Valholls, und kräht

Sein kriegrisch Lied, und hebt den goldnen Kamm!

Aus Heliars Palast tönt ihm

Der Erde Hahngeschrey entgegen!

»Auf! auf! zum Kampf aus später Ruh!«

Ruft Gotlands Helden-Jugend uns zu.

Schon treten wir mit Helmen angethan

Auf die blutlechzende Todesbahn;

Schon schließt sich um uns her die Schaar

Der Richter, die durch weißes Haar

Und langen Bart ehrwürdig war!

Schon blinkt der Geir im Sonnenstrahl!

Schon strömt die Purpur-Wunde!

Schon öffnen Endils Wölfe

Auf meinen Feind den giergen Schlund!

Ach mir Unglücklichen! Da schlüpft

Die Ferse mir im schwarzen Blut!

Da stürz ich hin, und über mich

Mein sterbender Feind! –

Schmach, Wuth und Scham

Begrub mich noch im Todes-Schlummer,

Als mich ein jammernd Klaggeschrey

Vom Oceane her erweckt.

Ich seh, ich seh! – o Schauer! o Entsetzen!

Ach, warum lebt ich, es zu sehn? –

Ich sehe meinen Freund, den besten

Der Menschen, meinen treuen Halvard,

Der Freundschaft Urbild, itzt des Todes Bild,

Im Schleyer der ewgen Nacht gehüllt.

Zu meinen Füßen lag er, seufzte noch,

Und hob die schwere Brust – Ihn hatte

Sein eignes Schwert, zu eingedenk

Des hohen Schwurs, gestürzt, da er

Mich fallen sah – Ach! wehe, wehe, mir!

Warum mußt ihn ein falscher Anblick trügen?

Warum sein erster Anblick seines Freunds?

Nicht darum war er, nach drey langen Jahren,

Dem Busen seines Thorlaugs zugeeilt! –

Ich warf verzweiflungsvoll

Auf seinen Leib mich hin, verbarg

Mein Angesicht in seine Brust, und schluchzte!

»Ach nein, Halvard, du bist nicht todt?

Nein! bey den Göttern, nein! du schlummerst nur!

Es ist ein dichter Schlaf, der dich erquickt!«

Umsonst! umsonst! Die lange Nacht

Versiegelte sein Helden-Auge!

Er war auf Ewig mir entschlummert!

Man riß mich grausam aus des Todten Arm.

Mit wildem und gebrochnem Blick schaut ich

Zum Himmel! Da ermannt ich mich,

Und sprach: Ich will dem theuren Mörder

Ein Grabmaal baun, und seinem Hügel nah

Ein Brand-Altar erbaun, zur Ehre

Der Freundschaft! des Unsterblichen!

Ich thats; mein letztes Opfer flammte

Durch Wolken auf; ich schwung dreymal

Mein Schwert, durchstieß mein brechend Herz,

Und sank vergnügt auf seinen Holzstoß nieder.

Die Schaar der Staunenden ließ meine Glieder

Zur Asche glühn, und senkte dann,

Dem Hügel meines Freunds zur Seite,

Des Staubes Urn in diese Gruft,

Der sie dieß zweyte Denkmaal weihte,

Das freundschaftlich im heiligen Schatten

Dem Wandrer süße Schwermuth winkt,

Und zur Begeistrung ihn erhebt,

Mein banger ahndungsvoller Geist

Hielt bey dem frommen Schauspiel sich

Nicht auf, und flatterte verfinstert

Durchs unbegränzte Leere

Dem Schatten des Geliebten nach.

Vierter Gesang

Und doch – leichtgläubiges Gefühl! –

Ist alles dieß mehr als ein Gaukelspiel?

Kann dieß die Stätte seyn, wo wir

Ins Thal des Schweigens flohn? Kaum glaub ich dir!

Wie reizend, wie bezaubernd lacht

Die heitre Gegend! wie voll sanfter Pracht!

In schönrer Majestät, in reiferm Strahle

Glänzt diese Sonne! Milder fließt vom Thale

Mir fremder Blüthen Frühlings-Duft;

Und Balsamgeister ströhmen durch die Luft,

Unübersehlich malt die Blumen-Flur

Sich meinem Aug, und die Natur

Ist rings umher ein Garten! – Welcher Gott

Schmiegt eine Wildniß unter das Gebot

Der Schönheit, Ordnung, Fruchtbarkeit?

Wer ists, der Wüsteneyn gebeut,

Sich in entfernter Sonnen Glut zu tauchen,

Und unbekannte Spezereyn zu hauchen? –

Ha! nicht also, im festlichen Gewand,

Grüßt ich dich einst, mein mütterliches Land!

Unfreundlich, ungeschmückt, und rauh und wüste,

Im trüben Dunkel schauerte die Küste;

Kein Himmel leuchtete mild durch den Hayn;

Kein Tag der Aehren lud zu Freuden ein;

In Hölen lauschte Graun und Meuterey,

Und was am Ufer scholl, war Kriegsgeschrey.

Das Weib der Ehe trat mit Helm und Speer,

Und neben ihr, von blutger Rüstung schwer,

Die blühnde Tochter fürchterlich einher –

O wie weit anmuthsvoller schreitet,

Von acht geliebten Kindern hold begleitet,

Dort jene Mutter durch den Schattengang,

In dessen Hecken friedlicher Gesang

Ertönt, wo goldnes Obst um sie entsprang!

Auf Rasen hingelehnt, im Auge Himmel,

Erwartet das weithallende Gewimmel

Der frohe Vater, der mit reger Hand

In die veredelte Natur entbrannt,

Die mächtge Feuerharfe schlägt,

Daß ihren Schall der Hügel und das Meer

Und näher wallender Wolken Heer

Empor zum Tanz der Sphären trägt!

Daß sie den Staub der Urn erregt,

Und Geister-Welten um sich her bewegt!

Auch mich! auch mich! – *»Es horchten auf die Lieder*

Die Kinder Korah, Assaph stand,

Und staunt', und warf den Psalter nieder,

Den hohen Psalter, und empfand!« –

Wer ist der Gott, den deine Saite singt?

Wer, dessen Schaur mich Bebenden durchdringt!

»Er misst die Himmel, stillt die Meere!

Gericht und Recht ist um ihn her!

Er ist der Herr! der Gott der Heere!

Er ist! – Wo ist ein Gott, wie er?«

Fünfter Gesang

Sie sind gefallen, die Götter, gefallen!

Laßts Erd und Himmel wiederhallen!

Sie sind gefallen! gefallen! gefallen!

Hrymur fuhr, auf sieben Donner-Wagen

Vom Aufgang herunter getragen!

Da wälzte sich der Ocean!

Da wälzte Jormungandur in Blut

Mit schreckenvoller Wuth

Sich auf der Wogen schäumender Bahn!

Der Adler tönt', und zerriß die Leiche!

Und Naglfahr scheitert, das Gebäu der Eiche!

Woher der Untergang der Asen?

Wer hat die Alfen wie Spreu hinweggeblasen?

Vom Krachen heult die Riesenwelt!

Des Himmels Trümmer sind ein Waffenfeld!

Die Zwerge seufzen vor den Thoren,

In zähneklappernde Schrecken verlohren!

Das Sonnenschwert des Rächers blitzt

Auf Riesenweiber, die im Fliehn

Sich hinter einer Wolke Ruin

Vergebens, vergebens geschützt!

Da wankte, da erzitterte Hlin,

Und rang die Hände noch einmal!

Vergebens verletzt der Sohn des Odin

Das Ungeheuer mit triefendem Stahl!

Vergebens würgt auf seinem Riesengange

Der Helden-Same des Hlodin

Den Zwillingswolf, und die Midgardische Schlange!

Sie alle, die Götter, die Helden, sie alle

Sind hingegossen dem Falle

Furchtbar billt aus dampfender Grotte

Mit weit geöffnetem Schlund

Hinter dem fallenden Gotte

Garm der Höllenhund!

Mit schwarzem Antlitz entsteigt die Sonne dem Dunkeln,

Und Sterne hören auf zu funkeln!

Da wüten Meere, flammende Berge wüten,

Wo ihre Fackeln glühten! –

In neue Gegenden entrückt

Schaut mein begeistertes Aug umher – erblickt

Den Abglanz höhrer Gottheit, ihre Welt,

Und diese Himmel, ihr Gezelt!

Mein schwacher Geist, in Staub gebeugt,

Faßt ihre Wunder nicht, und schweigt.

Erläuterung der Eddensprache und der Anspielungen in diesem
Gedichte

Braga oder *Bragur*, der Gott der Dichtkunst. – *Dvats* oder *Dvatens Töchter*, Parzen, die die Geburt der Kinder weihten. – *Thor* oder *Hlodin*, der Donner-Gott. – *Njord*, ein Riese oder Halbgott, den die Edda als einen Dichter anführt. – *Mimers Haupt*, eine Quelle, die Odin um Rath fragt – eine Quelle auf einem angenehmen Hügel bey *Sandholm*, die auch im zweyten Gesange in der Bestimmung einer Cascade vorkömmt. – *Sigtuna*, die Residenz des *Odin*. *Valholl* oder *Valhalla*, der Himmel des alten Nordens. – *Glasur*, ein geheiligter Wald, der die Vorhöfe des Himmels umgab, und dessen goldne Zweige von dem Vorhofe *Sigtur* an bis auf den mit goldnen Schilden bedeckten Götterpalast (*Glitner*) reichten. – *Fansal*, Palast der Mutter der Götter. (Hirschholm, ein Lustschloß.) – *Gladheim*, Palast der Freude, der durch seine goldnen Säle bekannt ist. (Friedrichsburg.) – *Vingolf*, Palast der Freundschaft und des Friedens. (Friedensburg, der Sommeraufenthalt K. Friedrichs des V.) – *Alfadur*, der allgemeine Vater, die erhabenste Vorstellung, die man sich von einem gütigen Wesen macht. – *Asgaard*, die Residenz der Götter oder *Asen*. – *Valaskialf*, der Palast dieser Residenz. – *Disen*, rächerische Gottheiten, die auch unter dem Namen der *Nornen* (Parzen) und *Valkyriur* vorkommen; die Namen der letztern, wie fern sie den Halbgöttern in *Valholl* aufwarten, sind im Liede des zweyten Gesanges angeführt. – *Hiorthrimul*, eine Todes-Parze. – *Alfen*, Schutzgeister. – *Hlidskialfs Zepter*, der Zepter des obersten Throns. – *Vidri*, der Sohn des *Odin*. – *Blakullur*, eine Wasser-Gottheit. – *Einherium*, Helden, die das Schwert einer Stelle in *Valholl* würdig gemacht hat. – *Einherium Ol*, das himmlische Getränk dieser Helden. – *Goldharf*, ein musikalisches Instrument, das unter diesem Namen in den *Kiämpe-Viser* vorkömmt, eigentlich aber *Mundharp* heißt. – *Frö*, eine Gottheit, die oft mit K. Frotho verwechselt wird. – *Dämmerung der Götter*, derjenige Zeitpunkt, der der *Voluspa* gemäß im fünften Gesange beschrieben wird. – *Heliars Palast*, der Ort, wo die irdischen Hähne krähen. Das Gallicinium war sowohl in *Valholl* als auf der Erde, eine Aufforderung zum Kampfe. – *Gotland*, der alte Name Dänemarks. – *Geir*, ein kurzer Speer. – *Endil*, ein blutdürstiger Wasser-Gott. Seine *Wölfe*, die Ungeheur des Meeres. – *Hrymur*, ein Riese oder Halb-Gott. – *Jormungandur*, eine Schlange, welche die Erde umgiebt. – *Naglfar*, ein Schiff, das beym Untergange der alten Welt zerschmettert wird. – *Hlin*, eine Göttinn, welche die Freunde der *Frigga*, Gemalinn des *Odin*, beschützt. *Zwerge*, Bewohner des Himmels. – *Zwillings Wolf*, Bruder des *Jormungandur*. – *Midgardische Schlange*, ein Feindinn der Götter. – *Der Altar*, der auf dem Titelkupfer abgebildet ist, liegt nebst den beyden *Grabhügeln*, in der Gegend von *Sandholm*. – *Sandholm*, die Scene des Gedichts, ein Landsitz des Herrn Hofpredigers *Cramer*.